LES LIVRES DU PEUPLE
PATRIOTIQUE & REPUBLICAIN
ILLUSTRÉE
N° 46
SPULLER
—
BIOGRAPHIE & DISCOURS
10 CENTIMES
10 CENTIMES
10 CENTIMES
L. BOULANGER
SOUS LA DIRECTION DE J. LERMINA

Il paraît un volume par semaine. Chaque volume pris chez l'éditeur ou chez les libraires ou marchands de journaux, coûte 10 Centimes.

Chaque volume envoyé *franco* par la poste, coûte 15 Centimes.

Cette augmentation n'est pas autre chose que le prix réclamé par la poste. — Les cinquante premiers volumes sont :

1. Victor Hugo. — A travers son Œuvre.
2. Général Boulanger. — Biographie et Discours.
3. Molière. — Les précieuses Ridicules.
4. Gambetta. — L'affaire Baudin.
5. Papiers et Correspondances de la Famille impériale.
6. Diderot. — Ceci n'est pas un Conte.
7. Ch. Floquet. — Paris et la République.
8. J.-J. Rousseau. — Confessions. — L'Enfance.
9. Ch.-L. Chassin. — Le Centenaire de 89.
10. Jules Claretie. — Les Derniers Montagnards.
11. J. Grévy. — Biographie et Discours.
12.
13. } Voltaire. — Candide.
14. Racine. — Les Plaideurs.
15. Restif de la Bretonne. — Les vingt épouses des Vingt associés.
16. Thiers. — Le 18 mars.
17. Desaugiers. — Chansons.
18. Danton. — La Patrie en danger.
19. Les Jésuites et leurs instructions secrètes.
20. Mercier. — Paris en 1780.
21. Jules Lermina. — La France martyre.
22.
23. } Molière. — Le Tartufe.
24. Hégésippe Moreau. — Contes. — La Souris blanche.
25. Journiac Saint-Méard. — Mon Agonie (1793).
26. Mirabeau. — Opinions et Discours.
27.
28. } Beaumarchais. — Le Barbier de Séville.
29. Lafontaine. — Fables.
30. J.-J. Rousseau. — Le Contrat social.
31. Barbès. — Deux jours de Condamnation à mort.
32. Molière. — L'Ecole des Maris.
33. Diderot. — Les deux Moines.
34.
35. } Beaumarchais. — Le Mariage de Figaro.
36.
37. Tony Révillon. — Hoche.
38. Lamennais. — Le Livre du Peuple.
39.
40. } X. de Maistre. — La jeune Sibérienne.
41. Edouard Lockroy. — Biographie et Extrait.
42.
43. } Longus. — Daphnis et Chloé.
44.
45. Voltaire. — Poésies.
46. Eugène Spuller. — Biographie et Discours.
47. Corneille. — Le Menteur.
48.
49. } Rabelais. — Gargantua.
50. Camille Desmoulins. — La Lanterne.

BIOGRAPHIE ET DISCOURS

PAUL BERT

Discours prononcé aux obsèques, le 15 janvier 1887.

Après tant d'hommages rendus, au nom de la science et de la patrie, à Paul Bert, à cet homme privilégié qui fut tout ensemble un savant de premier ordre et un républicain d'un civisme à toute épreuve, un homme d'Etat supérieur et un administrateur hors de pair, et qui, spécialement dans sa carrière professionnelle, dans l'ordre de l'enseignement, fut un instituteur admirable des petits et des humbles en même temps qu'un excitateur des plus vives et des plus hautes intelligences, il semble que ses amis ne devraient point sortir des rangs de cette foule

(1) M. SPULLER (Eugène), publiciste et député, né à Seurre (Côte-d'Or), le 8 décembre 1835, fit ses études au lycée de Dijon. Ayant fait son droit dans la même ville, il se fit inscrire au barreau de Paris en 1862, ce fut alors qu'il se lia avec Gambetta dont il devait rester l'ami et le collaborateur fidèle. Dès 1863, il prit une part active à la lutte contre l'Empire. Il collabora à l'*Europe*, journal dirigé par Grégory Ganesco, et qui paraissait à Francfort. Dès 1866, il devinait les conséquences possibles de Sadowa et cherchait à mettre la France en garde contre l'ambition prussienne. Il collabora ensuite au *Nain jaune* et, l'un des premiers, dénonça l'apostasie d'Émile Ollivier. Il travailla également au *Journal de Paris*, à l'*Encyclopédie générale*, à la *Revue politique* et dirigea le *Journal de Langres* dont l'opposition eut une grande influence dans les départements. En 1870, pendant la période plébiscitaire, il publia une *Petite histoire du second Empire*. Après la chute de l'Empire, il s'attacha, avec un admirable dévouement, à l'œuvre de Gambetta, partit avec lui en ballon, ne prit aucun titre, ne toucha aucun traitement, et se montra un des plus ardents travailleurs de la Défense nationale. En novembre 1871, il

émue et recueillie qui s'est contentée d'app
fleurs et des couronnes en témoignage de son admiration pour tant de rares qualités, de sa reconnaissance pour tant de glorieux services, et du deuil profond et cruel où cette mort imprévue a plongé tous ceux qui aiment la République et la France.

Je me souviens qu'un jour, à Ville-d'Avray, dans la petite maison qui voit chaque année couler nos larmes inconsolables, Paul Bert nous disait avec autant de sincérité que d'émotion : « Mes amis, nous ne sommes pas ici pour parler, mais pour pleurer. » Je suis tenté ici de répéter après lui cette parole, qui traduit si bien, aujourd'hui comme alors, les sentiments d'angoisse dont sont remplis nos cœurs. Nous ne devrions pas élever la voix, et cependant il faut dire quelques mots...

Comment, en effet, pourrions-nous laisser la tombe se fermer pour jamais sur Paul Pert sans essayer de tromper notre douleur, en nous redisant à nous-mêmes, en

devint rédacteur en chef de la *République française*. Le 5 mars 1876, il fut élu député par le IIIᵉ arrondissement de Paris. Il résigna alors ses fonctions à la *République française*. A la Chambre, il défendit l'amnistre, prit part à la discussion sur la collation des grades. Le 16 mai 1877, ce fut lui qui rédigea la protestation des 363 Il fut réélu le 14 octobre à une grande majorité. Réélu en 1881, il fut appelé par Gambetta au poste de sous-secrétaire d'État au ministère des affaires étrangères, et donna sa démission avec le grand ministère le 26 janvier 1882. En 1883, il appuya la proposition de M. Anatole de la Forge, relative à la mairie de Paris et soutint la nécessité pour la France de conserver un ambassadeur auprès du Saint-Siège. En 1884, il fut nommé président de la commission d'enquête sur la situation économique du pays. Ministre de l'instruction publique, M. Spuller travailla activement au relèvement de la gloire française par le développement des sciences et des arts. Orateur dont l'éloquente simplicité exerce sur les foules une action profonde, M. Spuller sait faire jaillir des âmes les sentiments du plus pur patriotisme, en même temps qu'il excite les ambitions généreuses. Travailleur infatigable, il se dépense sans compter, se donnant tout entier à le République.

En les cours extraits qui suivent, le lecteur appréciera l'une des plus remarquables personnalités du parti républicain, un patriote et un homme de gouvernement.   J. L.

disant aux autres ce que fut pour nous ce cher et noble ami. Il y a là pour nous une sorte de consolation, bien amère sans doute, mais c'est la seule qui puisse être offerte, et nous avons pensé que notre devoir était de l'offrir, comme un tribut de pieux respect, à cette courageuse femme, à cette famille si durement éprouvées, et que le malheur qui les accable nous rend encore plus chères.

Messieurs, nous sommes profondément touchés de tout ce qui vient d'être dit avec tant d'autorité, de patriotisme et d'éloquence, par les princes de la science et par les chefs du pays, du grand et illustre ami que nous avons perdu. Justice a été rendue comme il convenait à sa curiosité toujours en éveil, à son ardeur infatigable au travail, à son dévouement égal à son activité, à l'ampleur de ses vues générales, à son soin minutieux des moindres détails, à cette réunion extraordinaire, à cet assemblage si rare de dons, d'aptitudes, de facultés natives et d'expérience acquise au service de la vérité à découvrir, à enseigner, à servir, à faire triompher dans toutes les directions de la pensée humaine. Mais, était-ce là tout Paul Bert ? Non, messieurs, il y avait en lui quelque chose de plus, qui explique tout cela, je veux parler de la flamme qui s'échappait de son cœur ardent et généreux, de cette flamme toujours brûlante et active sans jamais se consumer, véritable foyer de cette activité créatrice dans la politique comme dans la science qui l'animait dans ses épreuves, et qui lui soufflait les inspirations du devoir, du devoir compris jusqu'au sacrifice et accompli stoïquement jusqu'à en mourir.

Paul Bert était une forte intelligence, mais c'était aussi et avant tout une âme passionnée et vibrante. C'est par ce côté saisissant de sa riche nature qu'il nous avait séduits, entraînés, attachés à lui ; c'est le grand et cher souvenir que nous garderons de l'amitié toujours fidèle qui a existé entre nous qui était pour nous une force et pour lui une douceur dans nos luttes communes, et que la mort seule pouvait rompre.

Messieurs, nous avions le devoir de dire ces choses aujourd'hui, devant ce cerceuil ; mais nous avons d'autres devoirs que nous saurons remplir envers Paul Bert, sans parler de ceux qui nous lient à jamais à ceux qu'il a laissés, ayant dévoué sa vie à notre parti, à notre pays à la justice et à la vérité parmi les hommes.

Nous sommes et nous devons rester pour Paul Bert et sa mémoire des témoins inébranlables dans la résolution que nous prenons devant lui, avant de le quitter pour toujours, de lui assurer le respect qui lui est dû.

Il nous serait impossible, quand même nous le voudrions, d'oublier que Paul Bert a été méconnu, outragé, calomnié, diffamé, non seulement pendant sa vie laborieuse et si pleine, mais après sa mort héroïque offerte en sacrifice à la grandeur de la France et du nom français dans des contrées lointaines où flotte maintenant notre drapeau, que nous ne laisserons jamais abaisser.

Les injustices, les injures, les lâches attaques, les ingratitudes indignes, c'est là le lot habituel, la récompense ordinaire des plus grands et des meilleurs. Qui sait ? La vraie et pure gloire s'achète peut-être à ce prix, et, s'il en est ainsi, l'on peut dire que Paul Bert l'a bien méritée. Il aimait la gloire, pourquoi ne pas l'avouer, puisque cette noble passion est la seule digne des grands cœurs ? Mais au-dessus de la gloire à conquérir il mettait la France à servir. C'est là ce que nous devrons répéter sans cesse à ceux qui ne cesseront pas de l'outrager même dans cette tombe où il semble qu'on ne veuille pas lui laisser le repos qu'il a pourtant si bien gagné, et nous le répéterons, en rappelant sa mort, cette mort du soldat au service qu'il est allé chercher si loin, quand il pouvait se considérer comme un chef à qui l'on n'impose plus de pareils devoirs avec leurs terribles dangers. Mais la mort de Paul Bert a été le digne couronnement de sa vie. Ce n'est pas à dire qu'il l'ait prévue, ni qu'il se fût résigné jamais à ne rien faire pour la détourner; mais il l'avait envisagée, et ce grand enjeu n'avait compté pour rien auprès de ce qu'il croyait devoir à ses idées, à sa cause, à sa patrie; cet effroyable dénouement ne l'avait pas effrayé; il en avait calculé et accepté les chances, et voilà ce que c'est que le courage au service de la France et de la civilisation! Quand on en a donné de telles preuves, on devrait être l'objet du respect universel et de l'admiration unanime. Et dire cependant qu'il reste des insulteurs!

C'est pour cela, messieurs, qu'il faut de toute nécessité qu'il reste aussi de vrais, de sincères, de courageux et fidèles amis pour dire la vérité sur les morts que l'on outrage. Celui-ci n'a pas seulement aimé la France et la République, la science et la civilisation, la justice et l'humanité. Il a aimé les siens, ses enfants, sa femme, au point de faire de son foyer domestique, de sa maison hospitalière, un objet d'admiration et d'envie pour tons ceux qui ont eu l'honneur d'y être admis. Personne de ceux qui ont connu Paul Bert ne manquera de dire qu'il fut vraiment digne de tout le bonheur intime dont il a joui; il était le plus aimant et le plus aimé des époux, comme il était le plus tendre et le plus dévoué des pères.

Après sa famille, il a aimé ses maîtres, Pierre Gratiolet, Claude Bernard, et c'est à l'école de ces grands hommes qu'il avait appris le respect de ses émules, dont il a donné des preuves si touchantes dans ses rapports à la Chambre sur les récompenses nationales à décerner à l'illustre Pasteur. Enfin, il a aimé ses amis, il nous a aimés tous, messieurs, d'une affection que nous n'avons bien connue, bien ressentie qu'après l'avoir vu s'éloigner. Souvenez-vous de sa gaieté, de sa bonne grâce, de cette humeur charmante, toujours alerte et communicative, qui était comme l'une des formes de sa prodigieuse activité! Son esprit ingénieux, fécond en ressources, se faisait tout à tous, se répandait sur tous les sujets. Quel aimable compagnon dans les anciennes et trop rares fêtes où, tout en luttant pour fonder la République, nous aimions à nous retremper en nous faisant part de nos espérances? Et dans les jours tristes, aux heures difficiles, quel sangfroid, quelle sagacité dans l'observation attentive des événements et des hommes, quelle ardeur contenue mais soutenue, quelle confiance dans le chef et dans le succès!

Ah! le chef, qui donc l'a plus aimé que Paul Bert? Rappelez-vous sa douleur après la catastrophe; ce jour-là, comme il le dit lui-même, il se sentit isolé comme un enfant. Mais l'enfant était un homme, supérieur à tant de titres qu'il était digne de conseiller et de conduire les autres. Nous, à notre tour, nous étions fiers de lui comme d'un frère aîné, et le voilà enlevé, parti, perdu comme l'autre. Oh! messieurs, puissiez-vous comprendre, car c'est à peine si je puis la dire, toute la douleur dont nous avons été accablés par cette perte nouvelle ajoutée à tant d'autres. Mais, dans cette douleur, il y avait de la fierté, et je ne veux pas la cacher devant ce cercueil qui renferme les restes d'un homme si vaillant, et qui a porté si haut le nom de Français et de républicain.

Paul Bert, cher et bon compagnon de travaux et de luttes, ami du temps de l'adversité et fidèle dans la bonne comme dans la mauvaise fortune, associé à nos souvenirs comme à nos espérances, la voix qui s'élève en ce moment sur votre tombe pour vous adresser le dernier, le suprême adieu, n'est pas celle que, dans votre amour pour la République et pour la France, à qui vous pressentiez que vous donneriez un jour votre vie, vous auriez si ardemment souhaitée. Cette grande voix, qui vous remuait si profondément, s'est tue, hélas! pour toujours, par une nuit fatale de décembre, en notre présence commune, et nous avons eu tous les deux cet inexprimable serrement de cœur qui saisit quand on voit la mort « imbécile » accomplir son œuvre de destruction. A cette minute sacrée, je vous ai été lié par des liens plus étroits que tous ceux qui vous rattachaient à vos autres amis, et c'est pour cela sans doute que j'ai été appelé à parler en leur nom. Mon dévouement, ma sincérité, mon affection vous étaient connus. C'est là ce qui me permet de dire en vous quittant que, dans notre deuil, il y a la consolation de penser que si vous êtes tombé prématurément, loin de nous, succombant à vos excès de travail pour le pays, vous laissez à la République sa gloire haute et pure, à vos enfants un héritage de patriotisme et d'honneur dont ils seront dignes, à vos amis un juste orgeuil, à tous vos concitoyens de grands et nobles exemples de vertus civiques et de devoirs accompli. La mort « imbécile » vous a frappé et enlevé ; mais la justice immanente des choses vous a relevé pour vous placer comme une étoile dans le ciel, hélas ! toujours plein d'orages, qui roule au-dessus de la patrie française.

LA JEUNESSE

**Discours prononcé à l'Association Philotechnique
le 10 juillet 1887.**

Vous avez constitué des groupes d'études, sans craindre de spécialiser l'enseignement, à l'usage de ceux qui se sentent une vocation véritable.

En effet, une des graves difficultés pour ceux qui ont réfléchi sur ces matières, pour ceux qui, par goût, par état, ont étudié ces problèmes ardus et délicats, c'est de savoir en quoi devra consister cet enseignement primaire supérieur destiné à de si nombreuses générations d'enfants dans notre pays. Un enfant du peuple, dans la pratique usuelle, sort de l'école primaire à treize ans; que fera-t-il jusqu'à l'âge de dix-sept, dix-huit, vingt ans ? N'y aura-t-il plus d'écoles ouvertes devant lui? Ne sentez-vous pas qu'il y a là une lacune à remplir ? L'enfant risque en effet de désapprendre ce qu'il sait si peu. Aussi, qu'arrive-t-il ? Il en résulte que tel enfant, après avoir souvent donné à l'école primaire de sérieuses espérances, se trouve, à vingt-cinq ou trente ans, replongé dans l'obscurité et retombe dans ce gouffre de l'ignorance d'où l'étude est absente, où l'homme, ne s'éclairant plus, ne discutant plus, n'exerçant plus sa raison, devient la proie des faux enthousiastes, des déclamateurs et des charlatans.

Vous avez à former des hommes qui puissent être un jour les citoyens libres d'un grand pays. Ces hommes rempliront un jour dans la société telle ou telle fonction industrielle, mercantile ou productive. Que, pour cette fonction, ils soient armés par vos leçons de cet instrument de supériorité que donne l'instruction, rien de mieux; mais ne perdez jamais de vue que vous avez surtout à former des hommes dignes et fiers, d'un jugement ferme et sain, respectueux de leur propre dignité, jaloux de leur honneur, esclaves de leur parole, dévoués à l'amitié, au devoir, à la patrie, en un mot des hommes capables d'être les citoyens libres d'un pays libre. (Bravos répétés et applaudissements unanimes. — Vive adhésion.)

Ce sont ces principes, messieurs, qui font la supériorité de l'éducation générale sur l'éducation trop spécialisée, trop particulière. N'oublions jamais que nous tous, Français de la fin du dix-neuvième siècle, qui, après cent ans de révolutions, avons enfin établi la République pour garantir nos droits et nos libertés, n'oublions pas que nous avons voulu former une société d'hommes libres, afin de travailler, dans la paix et dans l'honneur, à l'établissement d'un nouveau régime politique et social fondé sur la liberté.

La liberté, messieurs, ce n'est pas seulement une entité, une abstraction, un mot qu'on lit au fronton des édifices et des monuments publics, la liberté, c'est une idée vivante, féconde et généreuse, qui doit être comme l'âme de la nation ! (Profond mouvement.) C'est à former cette âme de la nation que vous devez consacrer tous vos efforts de maîtres et d'instituteurs.

L'âme générale du pays ! c'est par là qu'une nation ne distingue entre toutes les autres. L'âme de la France ne peut pas être l'âme de l'Allemagne. L'âme de la France ne peut pas être l'âme de l'Angleterre. Il y a ici, dans notre France, une race particulière, avec ses défauts, mais avec ses vertus, avec ses misères, mais avec ses grandeurs; une race qui a ses traditions et ses souvenirs; nous sommes un noble et vieux pays, qui a sa gloire à défendre, qui a son domaine à conserver, son prestige à garder, son influence à étendre. (Vive émotion.) C'est à former des Français, des républicains français, que les hommes dévoués au peuple, dévoués à la science et à la vérité, doivent surtout s'appliquer. (Acclamations et applaudissements prolongés.)

Oui, messieurs, formez des Français, et vous, mes jeunes amis qui m'écoutez en frémissant, soyez des républicains français.

Maîtres de cette jeunesse, formez des hommes qui soient incapables de servilité et de bassesse, des hommes sachant résister aux entraînements aveugles et aux engagements malsains, des hommes regardant comme une honte de s'abaisser devant un homme, après que leurs pères ont conquis pour eux le droit de rester fiers et debout devant la statue de la Liberté ! (Longs applaudissements et bravos répétés. — Assentiment unanime.)

Jeunes gens, vous ne seriez pas dignes de vos pères, de ceux qui ont fait 89 et 48 ; vous ne seriez pas dignes d'avoir une postérité républicaine, si vous étiez capables de vous jeter dans la boue sous les roues d'un char qui ne porterait qu'une idole, qu'un triomphateur d'un jour... (Nouveaux applaudissements et bravos répétés) alors que c'est la France... (Émotion générale, interruption) la France seule, la Patrie, qui doit être là, devant nos yeux, debout sur ce char, enveloppée dans le glorieux drapeau de la civilisation, tenant en main le flambeau de la justice et du progrès parmi les hommes ! (Applaudissements.)

Citoyens qui m'écoutez : Tout pour la France et rien pour un homme. (Oui ! oui ! — Applaudissements et acclamations. — Mouvement prolongé.)

(Discours prononcé à la **Distribution** des **Prix** du **Concours** général, 1er Août 1887).

JEUNES ÉLÈVES,

En vous adressant la parole, je me sens tout fier, mais vraiment troublé. L'honneur de parler à la jeunesse est si élevé et si délicat que l'orgueil légitime qu'il inspire est toujours mêlé de quelque crainte. J'ai à vous féliciter, au nom du gouvernement de la République, des efforts persévérants auxquels vous devez les couronnes qui vont vous être décernées tout à l'heure; mais les justes éloges que je suis si heureux d'accorder à votre amour réfléchi du travail, à votre docilité aux leçons de vos maîtres, à votre excellent esprit d'émulation et de zèle pour les bonnes études, seraient indignes de vous et de cette grande assemblée s'ils n'étaient pas accompagnés de quelques conseils. C'est de cette dernière partie de ma tâche que je serais effrayé, si je n'étais convaincu d'avance que vous ne doutez ni de ma sollicitude pour vous et votre avenir, ni de mon profond et respectueux dévouement à la Patrie, dont vous êtes l'espérance.

Vous venez d'entendre d'utiles vérités, dites dans le plus ingénieux et le plus aimable langage. Dans ce discours, d'une dialectique si vigoureuse et d'une grâce si charmante, qui l'emporte de la forme ou du fond ? Je ne

me permettrai pas d'en décider. Je voudrais dire seulement que, si séduit que je sois par tant d'esprit mis au
service d'une bonne cause, je ne me décide pas à parta-
ger les craintes qui apparaissent à travers cette brillante
éloquence. Par moments, ce discours a retenti comme un
cri d'alarme. Eh quoi ! les barbares seraient-ils à nos
portes ? Commençons donc par assurer le salut de nos
autels et de nos foyers. Pour cela, rendons confiance aux
combattants.

Non, messieurs, elles ne seront ni dépossédées, ni
abandonnées, ni négligées ces bonnes lettres, ces humanités, vénérables nourrices de toute société policée ; ces
belles études d'histoire, part magnifique de notre temps
dans le travail successif des siècles ; ces hautes et fécon-
des théories de la science appuyée sur la philosophie et
de la philosophie appuyée sur la science, qui sont l'honneur et la force de l'esprit humain dans l'œuvre de la civilisation générale. Non, nous ne laisserons pas amoin-
drir le glorieux patrimoine légué à la France par nos
devanciers et nos précurseurs d'Athènes et de Rome.
Avec la parfaite conscience de son génie et de sa mission,
notre pays gardera ses traditions de noblesse et de désintéressement, son prestige sympathique et doux, pour
le bien commun des hommes. Héritière des grands idio-
mes de l'antiquité, la langue française, avec sa clarté, sa
précision aisée et nette, sa souple justesse, demeurera
non seulement la langue de la raison au service du
droit, l'organe même de la pensée humaine élevée à un
plus haut degré de lumière, dans la recherche de la
vérité.

Telle est notre destinée ; nous n'y faillirons pas.

L'Université sait bien qu'elle n'a pas d'autre rôle que
de former des hommes, des Français pour cette destinée
même. Aussi longtemps qu'il y aura une France et, dans
la France, cette institution d'État, éducatrice et gardienne
de l'intelligence nationale, qui s'appelle l'Université, les

lettres, les humanités n'ont rien à craindre : elles sont en de bonnes, en de sages et fortes mains.

Mais, messieurs, cette Université, appelée à former des hommes, à faire des Français dignes d'une si haute et si noble vocation, serait-elle tout à fait sage et ferait-elle œuvre utile, s'il lui était permis et possible de s'abstraire du temps où nous sommes, de se séparer de la société qui lui confie ses enfants, pour vivre d'une vie toute spéculative, étrangère aux besoins, aux tourments, aux idées, aux passions de notre France nouvelle, dont la démocratie, cette souveraine des nations modernes, a définitivement pris possession ?

Qui oserait le prétendre ?

L'Université enseigne les langues anciennes, les belles-lettres, l'histoire, la philosophie, la théorie des sciences et leurs applications pratiques. C'est à merveille, et l'empressement des familles à remettre sous votre direction ce qu'elles ont de plus cher est le témoignage de jour en jour plus éclatant de leur juste confiance en votre zèle, en votre dévouement, en vos talents et vos lumières. On a bien quelque droit de dire que votre enseignement est le meilleur, puisqu'il est le plus recherché. L'instruction que vous distribuez est excellente ; mais, du point de vue plus élevé où, pour le moment, nous sommes placés, la société française n'a-t-elle rien de plus à vous demander.

Nulle part on ne sait mieux que dans cette assemblée, composée de tant d'hommes de savoir et d'expérience, que l'instruction, si importante qu'elle soit, n'est qu'une des formes, qu'un des moyens de l'éducation générale d'un grand peuple.

C'est à cette éducation générale que vous êtes préposés.

Est-il bien sûr que, dans les conditions nouvelles où la France doit maintenant lutter pour vivre, travailler, prospérer et maintenir son rang dans le monde, avec cette démocratie laborieuse, affairée, militante et qui s'agite, moins encore pour triompher de ses adversaires et de ses rivaux que pour achever de s'affranchir et s'élever vers les hauteurs, l'éducation générale selon l'ancien idéal universitaire soit bien celle qui convienne le mieux à nos temps nouveaux, à notre peuple qui est si visiblement en train de se transformer?

Je ne sais si je me trompe, messieurs; en tout cas, je ne crois pas vous faire tort en disant que l'Université a eu longtemps pour idéal de former ce que l'on appelait, au dix-septième siècle, l'honnête homme.

Loin de moi la pensée de méconnaître et de rabaisser cette manière de comprendre les obligations nécessaires et les jouissances permises de la vie humaine! Quelle tâche tout ensemble plus difficile et plus belle que de recevoir un enfant de la famille et de rendre à la société un homme, avec un esprit droit et orné, un goût exquis et sur, une parole habile à tout dire, une saine et claire philosophie, une sagesse aimable et non morose, une âme à la fois indulgente et courageuse, sans parler du bon sens, de la belle humeur, de la gaieté, qui inspirent le mépris des sots et la haine des méchants, le tout dans une juste mesure, avec le ton parfait de la meilleure compagnie et le charme agréable des honnêtes gens!

Nous serait-il possible, messieurs, de ne point désirer pour chacun des enfants de la France nouvelle un tel et si rare assemblage de qualités séduisantes et de gracieuses vertus? Cet idéal a bien son prix. A quelques égards, il est même à une hauteur telle que, par certains côtés, il apparaît comme inaccessible à la grande majorité de ceux à qui on le propose. Je vois bien qu'on élève ainsi des hommes destinés à former entre eux une élite soigneusement choisie et parfaitement distinguée, une aristocratie intelligente et morale, pour tout dire. Mais si je suis tenté, n'ayant pas peur des mots, de me féliciter de cette éducation pour ceux qui auront le bonheur de la recevoir, de la comprendre et d'en profiter, et dont elle

fera les membres influents et justement écoutés d'une société peu nombreuse et fermée, polie, élégante et oisive,
est-ce bien là ce qu'il nous faut pour former les citoyens
actifs d'une démocratie bouillonnante, entraînée dans le
torrent de l'action, et qui n'a ni le temps ni les moyens
d'apprécier et de goûter tout ce qu'il y a de bon et même
de supérieur dans la fine éducation dont je viens de
parler ?

On en peut douter, messieurs, et c'est justement parce
que dans notre société contemporaine on en doute que
partout — mais nulle part avec plus de zèle et d'ardeur
pour le bien public que dans l'Université — on est à la
recherche d'un enseignement nouveau, non pas hostile à
l'ancien, certes, mais différent et qui puisse aboutir à une
autre éducation générale, moins raffinée peut-être, mais
plus pratique, s'adressant à un plus grand nombre d'é-
coliers et propre à en faire les membres actifs d'une nation qui n'a plus et ne veut plus qu'elle-même pour se
diriger dans toutes ses affaires, qui tour à tour fleurit ou
languit suivant que son labeur de tous les jours augmente
ou diminue, gardienne jalouse de son antique grandeur
et bien résolue à la retrouver un jour tout entière, mais
qui avait déjà l'instinct, sinon la notion précise, que l'a-
venir du monde appartient désormais aux hommes d'industrie et de négoce, aux hommes de science et de liberté,
aux hommes de travail et de paix.

Chers et jeunes amis qui me faites l'honneur de m'écou-
ter, c'est vous qui serez les citoyens libres, agissants et
responsables de cette France de demain qui doit ajouter
de nouveaux rayons à la couronne de gloire de la France
d'hier et d'aujourd'hui. Demain, les plus âgés d'entre
vous, ceux qui vont quitter les bancs du lycée, feront
leurs premiers pas dans la vie sociale : demain s'ouvri-
ront devant vous toutes les carrières honorables des
professions civiles, de l'industrie, du haut commerce, des
armes, des lettres, des fonctions politiques. Souvenez-

vous que vous n'aurez d'autres titres pour y briller que votre mérite personnel. La science et la liberté ont fait du gouvernement des peuples modernes un problème des plus redoutables, qui ne peut être résolu que par l'application des plus rares et des plus hautes facultés de l'esprit. La guerre comme la production industrielle, les transactions commerciales comme l'administration des affaires publiques font maintenant l'objet de sciences difficiles et compliquées. Autrefois, pour qu'un homme fût apte à remplir sa fonction sociale, il pouvait lui suffire d'avoir de la naissance, de la fortune, du courage et du savoir-vivre, en un mot ce qui faisait l'homme du monde, l'honnête homme... Aujourd'hui il lui faut davantage. Quoi donc? Beaucoup d'idées dans la tête et de généreux sentiments dans le cœur.

Les idées, l'instruction vous les donnera, si vous continuez à être dans la vie ce que vous avez été à l'école, des esprits appliqués, laborieux, commençant par douter pour finir par bien juger, ne croyant pas tout savoir, mais désireux de tout apprendre, animés d'une juste confiance dans les forces de l'intelligence humaine, mais convaincus en même temps que la présomption est mauvaise conseillère et que le meilleur, le plus sûr moyen de s'instruire est encore de travailler avec modestie suivant la méthode et dans le sillon tracés par les maîtres.

Quant aux sentiments, c'est à l'éducation de développer en vous les germes heureux que vous tenez de la nature et qu'a déjà fécondés l'amour que vous portent vos parents. Appelés à vivre dans une grande société d'hommes à l'état de lutte continuelle pour la défense de leurs intérêts, de leurs opinions et de leurs droits, armez-vous pour soutenir cette lutte. Mais, si vous voulez y triompher, persuadez-vous que vous n'y parviendrez qu'à force d'autorité morale. Cette autorité, vous la puiserez dans les convictions fermes, unies à des désirs modérés. Ayez par dessus tout le respect de vous-mêmes. Sans mépriser

l'heureux emploi des facultés de l'esprit, dites-vous bien
qu'il y a plus d'honneur encore à faire un bon emploi des
forces de l'âme et que le caractère, surtout dans notre
temps troublé, vaut mieux que le talent. Soyez fiers, pa-
tients et doux.

Destinés à fonder en ce vieux pays, pour l'exemple du
reste du monde, le règne de la démocratie, rappelez-vous
que l'on ne fonde rien sur la haine, et que la justice, la
fraternité, l'amour sont le vrai ciment des sociétés du-
rables. Déjà l'état social où vous allez entrer est meilleur que celui que nous avons traversé et subi. La République est fondée; vous aurez à la garder, à l'affermir, à
la développer par l'ordre dans le progrès. Vous laisserez
ainsi à ceux qui viendront après vous un état social meilleur que n'aura été le vôtre. Ainsi le veut la loi de per-
fectibilité. Mais ne croyez pas que cette loi de progrès,
pour certaine qu'elle soit, dispense les individus et les
nations du travail incessant, du pénible et opiniâtre
effort. Ces droits et ces biens qui ont été conquis pour
vous, vous les perdrez infailliblement si vous ne savez
vous en rendre dignes.

Ce somt des devoirs austères à remplir plutôt que des
droits à exercer que la liberté apporte avec elle au peuple
qui a mérité de la conquérir. La liberté a ses périls; c'est
le prix dont on la paye aux dieux, disait Montesquieu.
Elle est souvent pour un peuple, quand il est sans cons-
tance et sans force d'âme, un fardeau lourd à porter;
mais c'est là précisément ce qui fait sa noblesse et sa
grandeur. Comme elle ajoute à la somme des efforts que
tout homme de bien doit à l'œuvre commune, elle ne lui
devient chère que par la responsabilité qu'elle lui impose
au regard de ses concitoyens.

Pour vous, chers amis, cette œuvre commune, c'est le
relèvement de la patrie française après tant de malheurs;
c'est l'éducation et la pacification de la démocratie. Il n'est
point de tâche qui puisse davantage exciter votre ardeur,

enflammer votre enthousiasme; il n'en sera jamais qui
puisse faire plus d'honneur à une génération d'hommes
éclairés et libres devant l'histoire et la postérité.

TOAST A LA VILLE DE LYON.

(Discours prononcé à Lyon, le 16 juillet 1887.)

Messieurs, c'est avec un sentiment de profonde reconnaissance que je vous demande la permission de m'asso-
cier au toast qui a été porté tout à l'heure en l'honneur de
M. Jules Grévy, président de la République française.

Monsieur le maire, vous avez bien fait de placer au
commencement de votre discours, en lui rendant un
juste hommage, le nom du citoyen éminent, qui repré-
sente dans notre pays la légalité, la légalité inébranlable,
la légalité indéfectible, contre laquelle vainement on
chercherait à s'élever au profit de je ne sais quelles ambitions que je ne veux pas qualifier. (Très bien ! très bien !
Applaudissements répétés.)

M. Jules Grévy n'est pas seulement le représentant de
la légalité, il est le premier magistrat de la République;
à ce titre seul il aurait droit à tous nos respects, mais
plus de soixante ans de vie publique, d'une vie fière,
pure, noble, plus d'un demi-siècle de conduite sage, mo-
dérée, mais toujours ferme, cela compte, messieurs, dans
la reconnaissance des hommes qui savent ce que c'est
que de vrais services rendus à la patrie. (Adhésion unanime et applaudissements.)

En tout cas, cela compte plus à mes yeux que je ne sais
quelle popularité née d'hier qui sera morte demain et
dont on ne parle même déjà plus. (Oui ! oui ! très bien !
et vifs applaudissements.)

Je vous remercie donc, monsieur le maire, pour M. le
président de la République; je lui reporterai fidèlement

les hommages dont son nom a été entouré dans cette réu-union de républicains.

Quand je suis venu avec son assentiment, il m'avait annoncé, avec son expérience consommée des hommes, l'accueil qui m'y serait fait; il m'a encouragé dans ce pro-jet de voyage.

J'ai suivi son conseil, et je n'ai qu'à m'en louer.

Messieurs, j'en viens à cet accueil qui m'a si profondé-ment touché et dont je tiens à vous remercier cordia-lement.

Je vous remercie, parce que vous avez une fois de plus associé mon nom à celui du grand républicain, du grand patriote que la France pleure toujours, et dont la mort, imprévue et prématurée, a laissé dans mon âme une blessure inguérissable, un deuil que rien ne pourra con-soler. (Vive émotion, applaudissements.)

Je vous suis reconnaissant, monsieur le maire, de nous avoir invités à suivre une fois de plus les conseils de cet homme qui s'est révélé en un jour, lui aussi, mais de cet homme qui, à partir du jour où il a été connu de son pays, a marqué chacun de ses pas par un service rendu à sa cause, à la République, à la France. (Oui! oui! assenti-ment général.)

Messieurs, vous l'avez vu, vous l'avez reçu, vous l'avez honoré, vous l'avez aimé la première fois que nous sommes venus dans cette ville.

Quels souvenirs, messieurs; je retrouvais ce matin sur vos visages cette émotion née du souvenir de ces jours si tristes de décembre 1870, en entrant dans la pièce que vous m'avez réservée en ce palais; je revoyais devant mes yeux le tableau sinistre de ces journées néfastes, et si, depuis, il m'a été permis de revenir à Lyon pour vous apporter les faibles marques de mon dévouement à la cause de l'enseignement populaire, jamais, croyez-le bien, je n'ai oublié cette lugubre promenade où nous avons conduit à sa dernière demeure le commandant Ar-

naud, victime de la plus déplorable erreur et du plus fu-
neste malentendu.

Messieurs, ne vous plaignez pas si, dans ce jour de fête,
je rappelle les jours mauvais : les hommes de courage ne
redoutent pas ces rapprochements. En se mettant face à
face avec les événements du passé, ils puisent la force et
l'espérance pour traverser d'autres mauvais jours, s'il
doit en revenir, et ils retrouvent le courage qu'il serait
nécessaire de déployer de nouveau. (Très bien! très bien!)

Nous montions à la Croix-Rousse le jour même où vos
mobiles du Rhône tombaient si glorieusement dans la
plaine de Nuits pour la défense de la patrie. (Applaudissements.) Cet autre souvenir m'attache particulièrement
à Lyon, et le discours que j'ai été appelé à prononcer à
l'inauguration du monument qui marque la place où sont
tombés vos héros restera comme une date dans ma vie.
Beaucoup d'entre vous qui ont assisté à cette cérémonie
funèbre ont bien voulu me dire que j'avais réussi à tra-
duire leur pensée, et depuis lors un lien s'est établi entre nous, que rien ne pourra rompre. (Assentiment et
bravos.)

Aujourd'hui, nous nous retrouvons dans des circons-
tances bien différentes. Membre du gouvernement de la
République, chargé de représenter et de défendre une
politique qui n'est pas encore bien comprise, puisque
vous m'y avez invité, je vais vous soumettre quelques
observations et vous parler comme je le fais toujours,
sans haine et sans crainte, avec une entière franchise.
(Mouvement d'attention.)

Messieurs, le cabinet dont j'ai l'honneur de faire partie,
entre autres défauts, a celui de n'être pas compris. Mal
compris, malgré les déclarations réitérées qu'il apporte
tous les jours à la tribune, on veut à tout prix et à toute
force que ce soit un cabinet composé de républicains dé-
cidés à faire faux bond à la République, dans je ne sais
quel intérêt que je n'aperçois pas.

Messieurs, il est souvent difficile et toujours pénible de se mettre en scène soi-même. Je n'ai aucun droit de m'offrir pour garant d'une politique ; j'oserai dire cependant que, connu de vous comme je le suis, de mes concitoyens pour avoir été jusqu'à présent et j'espère bien pour rester jusqu'au bout le dévoué serviteur et le fidèle conservateur de la politique inaugurée dans ce pays par Gambetta, je devais me croire à l'abri de toute espèce d'imputation de cette nature. (Adhésion générale et applaudissements.)

Que nous reproche-t-on ? Messieurs, je vais vous dire ce que j'en pense.

Messieurs, on nous reproche de vouloir faire de la République un gouvernement ; il est vrai que c'est un titre que nous revendiquons ; oui, messieurs, nous voulons, nous avons l'ambition de faire de la République un gouvernement. (Oui ! oui ! très bien ! très bien !) Et par gouvernement, nous entendons une institution de progrès et de justice qui plane au-dessus des partis, qui défende les intérêts supérieurs du pays tout entier, qui personnifie la France devant l'Europe, qui porte avec son épée la main de justice, vieil attribut de la souveraineté dans notre nation. (Applaudissements et bravos.)

La République, c'est la lutte incessante, non pas contre les personnes, mais contre les choses qui ont fait leur temps et qui, dans leur vétusté, embarrassent et paralysent la marche en avant de la société. (C'est cela ! Vive adhésion ! Bravos et applaudissements.)

Il n'y a pas de progrès sans ordre, mais il y a encore moins d'ordre sans progrès ; c'est la routine, c'est l'impuissance, c'est le discrédit et la ruine. Si elle persistait dans cette voie, la République userait ses forces, et nous tenons trop à la conserver pour l'exposer à un tel péril ; oui, nous voulons des réformes, mais, comme vous l'avez dit vous-même, nous voulons des réformes mûres et pratiques, des réformes acceptées par le pays, car nous ne prétendons nullement lui imposer certaines vues de l'esprit sans réalisation pratique et qu'il ne comprendrait pas ; c'est pourquoi nous demandons avec tant d'insistance de travailler incessamment à sa propre éducation : quand le pays est acquis à une réforme, c'est qu'il la comprend dans ses origines et dans ses conséquences. Nous, messieurs, nous ne nous dissimulons pas la difficulté de la tâche que nous avons assumée.

Les partis opposés à la République ne sont pas encore abattus. Il n'y a pas si longtemps qu'ils se croyaient sûrs de vaincre. Ils sont toujours là, et leurs murmures retentissent comme les derniers bruits d'une tempête qui s'éloigne.

La situation générale va s'améliorant tous les jours. Si l'on y regardait bien, si l'on considérait exactement l'état des anciens partis, on verrait qu'ils sont infiniment plus troublés, plus décomposés que nous ne le sommes. Leurs cris de protestation ne sont que de détresse, il est visible qu'ils sont en proie à une véritable décomposition politique, dont la République, si elle est habile et sage, est appelée à profiter. C'est ce que l'on ne veut ni voir ni comprendre.

D'ailleurs, dans tous les pays en ce moment, il souffle un vent de repos et d'apaisement, partout on réclame une politique de recueillement. Et qui donc n'a pas besoin de se recueillir dans l'état actuel de l'Europe, quand il n'y a plus cet équilibre séculaire qui inspirait autrefois la sécurité ? Ces considérations ne doivent-elles pas nous dicter notre conduite ? Messieurs, faisons de la politique nationale, c'est la seule dont puisse s'accommoder notre patriotisme. (Applaudissements.)

Je ne crois pas utile de rien ajouter. J'ai éprouvé, permettez-moi de le dire, une singulière satisfaction à venir ici au lendemain d'une prétendue manifestation dont on menaçait Paris, et de vous trouver tels que je vous attendais, tels que je vous connaissais, avec votre bon sens patriotique, avec votre vieil esprit républicain, fier et noble, avec son tour tout personnel, propre à votre ville, justifié par d'anciens et glorieux services rendus à notre cause.

Soyez remerciés, messieurs, notre reconnaissance vous est acquise, parce que vous êtes d'un bon exemple pour notre parti, pour la France. Cet exemple que vous donnez au parti républicain par votre modération, par votre fermeté, doit être suivi ; j'ai la confiance qu'il le sera. Nous avons de grandes choses à faire ; nous avons à fonder définitivement le règne de la démocratie en organisant son gouvernement. C'est la tâche des hommes de la fin de ce siècle. Nous accomplirons cette tâche.

Quant à la France, nous avons des soldats qui se trouveront prêts à toute éventualité et qui élèveront sans cesse le niveau moral de la nation en la mettant sans cesse en face de ses devoirs ; nous avons des magistrats, des fonctionnaires, des savants, des industriels, des artistes, des ouvriers, qui sont les agents de la même œuvre, du même travail : le travail du relèvement de la patrie. Disons que le devoir du gouvernement est d'y procéder sans délai, sans provocation, mais sans faiblesse, avec fermeté et décision. (Oui ! très bien ! Assentiment unanime.)

Nous plaçons cette œuvre sous les auspices de cette grande démocratie lyonnaise qui a tant de fois donné le mot d'ordre à la démocratie française ; c'est bien pourquoi je vous invite à persévérer dans vos efforts ; vous êtes pour nous une grande force, conservez-nous la fidèlement, ne la laissez pas s'affaiblir.

Avant de terminer, je vous prie de me laisser vous dire que le gouvernement de la République est toujours fidèle à ceux qui l'aiment.

On m'a chargé de décorer cette noble ville de Lyon dans la personne de son plus grand artiste, Paul Chenavard ; je suis chargé de remettre à cet idéaliste convainon, à cet homme d'un autre âge, la croix d'officier de la Légion d'honneur; vous comprendrez le plaisir que j'ai éprouvé à venir parmi vous. (Applaudissements répétés.)

Je vous salue, messieurs, et je lève mon verre pour boire à la ville de Lyon, à la démocratie lyonnaise, à l'exemple qu'elle nous donne, et je vous dis maintenant, comme à quatre heures à l'école La Martinière : Au revoir. (Très bien ! très bien ! — Applaudissements prolongés.)

ARMAND CARREL

Discours prononcé à Rouen le 24 juillet 1887.

Messieurs,

Personne ne s'étonnera qu'un journaliste qui a l'honneur en ce moment d'être membre du gouvernement de la République élève la voix devant la noble figure qui vient d'être découverte pour rendre hommage aux sentiments généreux, aux rares talents, aux grands services d'Armand Carrel. Appelé à faire partie du comité qui s'est formé il y a déjà longtemps pour élever cette statue, au double titre de rédacteur principal de la *République française* et de président du groupe de l'Union républicaine dans l'ancienne Chambre des députés, c'est en qualité de ministre de mon pays que je porte la parole à l'heure présente. J'ose dire que ces vicissitudes de ma propre fortune n'ont pas altéré les sentiments d'admiration, de reconnaissance et de respect que de tout temps j'ai portés à cette haute et pure mémoire; je salue toujours dans Armand Carrel non seulement le devancier, le précurseur et le maître, mais l'un des plus glorieux serviteurs de l'idée républicaine, qu'il a défendue avec une force et un éclat dont notre cause restera fière à jamais dans l'histoire et devant la postérité.

Il était né, dans cette ville, au fond e o soure
rière-boutique d'un marchand de drap. Si je rappelle cette
humble origine, c'est pour marquer ce qu'il y avait en lui
de qualités natives et primesautières. Qui pourrait ne pas
remarquer le frappant contraste qui éclate, dès qu'on y
regarde, entre le berceau et les commencements d'Armand Carrel et la vie si agitée, si brillante d'héroïsme et
de vertus chevaleresques, traversée par tant d'épreuves
et terminée d'une manière si tragique, de ce combattant
de nos luttes politiques, de ce soldat du devoir républicain ? Armand Carrel, entre tous ses compagnons et ses
amis, se distinguait moins encore par les mérites d'une
intelligence supérieure que par la vigueur de son âme et
l'autorité de son caractère. La noblesse de sa nature ap-
paraissait à tous les yeux qui pouvaient contempler son
mâle visage. Dès que l'on était admis dans son intimité,
on le sentait fait pour commander au moins autant que
pour convaincre. Il était de la race des chefs. A la fois
séduisant et imposant, il savait attirer, retenir et conduire.
Où avait-il appris ce secret, et d'où lui venaient de tels
dons ? Certes, il ne les tenait pas de ce qu'on appelle le
privilège du sang, et c'est pourquoi j'aime à rappeler que
ce chevalier du droit plébéien était fils d'un boutiquier.
Messieurs, Armand Carrel devait cet original et admirable assemblage de qualités, ce mélange de courage et de
délicatesse, d'honneur et de bonté, de désintéressement
personnel et de fierté poussée quelquefois jusqu'au dé-
dain, il devait toutes ces vertus à la cause qu'il avait em-
brassée et qui est aussi la nôtre, à la cause de la Révolution française qui, après avoir produit, dans sa fécondité
inépuisable, tant de héros morts pleins de jeunesse et de
gloire sur les champs ne bataille, était appelée à en pro-
duire encore pour les combats de la vie civile et publique
jusqu'au jour de son triomphe ; et c'est pourquoi, en glo-
rifiant aujourd'hui Carrel, ce n'est pas seulement sa personne et son action que nous prétendons exalter, mais

no pas qu   ava t adoptés et qu'il a servis avec une indomptable fidélité jusque dans la mort.

Les premières impressions de sa jeunesse furent pour lui décisives. On peut dire qu'il commença de vivre dans le deuil que portaient alors tous les patriotes. La France était vaincue, et ses vainqueurs avaient ramené avec eux la royauté de la branche aînée des Bourbons. A aucun moment, sous la Restauration, Armand Carrel ne sut ni ne voulut distinguer entre ceux qui avaient abattu la France et qui menaçaient la Révolution dans son œuvre de reconstitution civile, politique et sociale. Le drapeau tricolore était son drapeau, et, bien qu'il eût l'âme guerrière et la passion du noble métier des armes, il aima mieux briser sa carrière et donner sa démission que de ne pas courir les chances de combattre sous les trois couleurs librement arborées, même en risquant les pires aventures. Cet épisode de la vie militante lui a été durement reproché, et il n'est pas bien sûr que plus tard, quand il fut de sens plus rassis, il n'ait pas éprouvé quelque remords de conscience de s'être mis dans le cas de rendre son épée à des hommes qui auraient pu être ses chefs. Mais il n'est que juste de rappeler à la louange de Carrel qu'il garda toujours de cet incident si douloureux un sérieux sentiment de la discipline et du devoir militaire. Nul n'a parlé de l'armée avec plus d'amour et de respect. Ses plus belles pages comme écrivain sont consacrées à célébrer sa gloire. A ses propres yeux il n'avait pas démérité de l'honneur d'en faire partie, et l'on a raconté non sans vraisemblance qu'après la victoire de son parti, en juillet 1830, la seule offre qui eût pu le tenter, comme la seule digne de son cœur bouillant et généreux, c'eût été l'offre d'un régiment à commander, pour rendre un jour à la France ce qu'on appelait alors d'un nom qui retentit, hélas ! bien tristement à nos oreilles, pour rendre à la patrie française ses frontières naturelles.

Telle ne devait pas être sa destinée. Armand Carrel

était avant tout patriote, mais il ne fut pas que patriote.
Né daus le parti de la Révolution, il croyait avoir des devoirs à remplir envers ce parti, dans les rangs duquel li
prit place dès qu'il se sentit libre. Il fit ce que tous ses
amis faisaient à cette epoque. Il se jeta dans les complots
et les conspirations, jouant tous les jours contre la po-
lice sa liberté et sa vie, sans appareil ni fracas, froide-
ment, délibérément, en homme qui connaît le danger et
qui le brave. On trouverait donc son nom dans toutes les
affaires où les républicains de ce temps-là s'engageaient
souvent sans espoir de succès et quelquefois même par
simple point d'honneur. Cette manière de faire de la politique plaisait médiocrement à Carrel. Il en avait usé
comme d'un moyen de combat, et plus d'une fois il avait
couru la chance de porter sa tête en place de Grève,
mais dès qu'il eut reconnu le prix de la légalité comme
arme offensive et défensive dans sa lutte contre une dynastie détestée, il n'en voulut plus d'autre. Il sentit qu'il
fallait qu'il n'y eût plus de conspiration dans le pays pour
que le gouvernement cessât d'être appuyé par les intérêts
et le besoin d'ordre de l'immense majorité nationale, et
que les opposants devinssent les imperturbables défen-
seurs de la loi pour que la dynastie, au contraire, se fît
conspiratrice et se jetât dans les excès où elle devait se
perdre. Il poursuivit, une victoire qui fût celle de la nation tout entière et non plus celle des dévouements par-
ticuliers à des affiliations politiques. Il a eu ainsi le pres-
sentiment de la transformation nécessaire du parti républicain et c'est ce qui m'a permis tout à l'heure de l'appe-
ler un précurseur.

Il avait d'ailleurs à son service une plume qui valait
une épée. A travers des fortunes bien diverses, il n'avait
cessé de travailler pour étendre, assouplir et fortifier un
talent d'écrivain dont il avait reçu de la nature les premiers germes comme un don des plus précieux. Les études d'Armand Carrel ne semblaient pas l'avoir préparé à

prendre jamais un rang dans la littérature politique de notre pays. Mais il avait ce qui supplée aux études, une vocation ferme et sûre, secondée par une volonté opiniâtre. A toutes les époques de sa vie, dans toutes les situations, on le trouve occupé à lire et à relire les maîtres, ceux de l'antiquité surtout. Ses connaissances en histoire étaient aussi étendues que solides; il avait fait une étude spéciale de l'histoire de la Révolution d'Angleterre, et le livre qu'il a laissé sur ce sujet ne contient pas seulement des allusions plus ou moins forcées à la situation politique de la France sous le règne des Bourbons, mais des vues sérieuses et profondes sur la marche inévitable des événements quand, dans un pays quelconque, se déchaîne la contre-révolution. Ce livre ne passe pas inaperçu, et c'est même pour l'avoir composé qu'Armand Carrel fut jugé digne par MM. Thiers et Mignet d'être appelé en troisième à l'honneur de diriger le *National*.

Le *National!* Que de souvenirs le simple nom de ce journal aujourd'hui encore cher à tout le parti républicain réveille dans tous les cœurs! Le *National* du 2 janvier au 30 juillet 1830, c'est l'œuvre de M. Thiers, c'est le journal qui a renversé les Bourbons de la branche aînée : en les enfermant dans la Charte, on était sûr de les étouffer. C'est le journal qui a donné le signal de l'immortelle protestation des journalistes. Le nom d'Armand Carrel figure à sa place, en tête de ce document historique. Mais ce n'est pas à ce *National* qui se rattache vraiment la vie militante du grand publiciste républicain, c'est à un autre *National* dont il fut le seul rédacteur en chef et où il déploya contre la royauté consentie de Juillet toutes les ressources de la polémique la plus ardente qui fut jamais, sans cesser d'être la plus loyale. Le *National* de Carrel appartient exclusivement au parti républicain : sa collection est pour nous comme de vivantes archives; nous y retrouvons, avec nos titres et nos doctrines, de véritables modèles de discussion serrée et palpitante avec les plus admirables exemples de courage et d'honneur.

Armand Carrel (pourquoi ne pas le rappeler ?), tout républicain qu'il fût, ne s'était pas déclaré pour la république aussitôt après la révolution du Juillet. Il semble qu'il ait voulu lui aussi, faire un essai loyal, celui d'une monarchie populaire entourée d'institutions démocratiques. Il ne tarda pas à être détrompé. C'est le 1er janvier 1832 qu'il fit sa profession de foi de journaliste républicain. Il était en pleine possession de ses forces et de son talent. Il n'avait pas trente-deux ans, mais son autorité était grande : à ses amis il inspirait le respect et l'affection, à ses adversaires la crainte mêlée de considération qui reste son meilleur titre à l'admiration de la postérité. On peut s'étonner à bon droit, dans le temps où nous vivons, qu'un homme si jeune eût su mériter une estime générale. C'est que les écrits de tous les jours attestaient, en même temps que la vigueur de son intelligence, toute l'élévation morale de son âme. On sentait que l'on avait devant soi un homme, un caractère.

Le style nerveux, l'éloquence altière, la dialectique puissante d'Armand Carrel comptent pour beaucoup dans la renommée qu'il a laissée ; mais ce que ses contemporains prisaient plus haut que tout cela, c'était le dévouement de Carrel à ses opinions, à son parti, à son pays ; c'était ce haut sentiment de dignité personnelle qui semblait animer tous ceux qui le suivaient dans sa lutte et qui a fait des républicains de ces temps agités une véritable élite, où la France aimait à retrouver, comme on l'a dit, les traits fidèlement gardés de l'ancien type national. Armand Carrel journaliste ne se livrait pas seulement à la polémique, il travaillait à l'éducation politique de ce parti qui le reconnaissait pour chef. De là ces accents si mâles, si vibrants, que l'on entend encore retentir à travers les âges et qui sont comme une langue

antique qu'ils nous faut maintenant réapparendre ; de là
ces vues larges, ces belles pensées, ces déclarations
tantôt généreuses, tantôt dédaigneuses où l'on croit découvrir les formules mêmes de la plus noble politique
républicaine. En veut-on des exemples ? Qu'il me suf-
fise de citer l'article sur la mise des journalistes au secret en cas de vente de leur feuille sur la voie pnblique,
et cet autre article sur le défit des provocateurs légiti-
mistes relevé par les écrivains républicains après l'arres-
tation de la duchesse de Berry, et tant d'autres pages aussi
émouvantes sur le procès des ministres, sur les soulève-
ments de la Pologne, sur le rôle de la France en Europe
après la révolution de Juillet.

Armand Carrel a été ainsi reconnu, de par l'ascendant
de son mérite et de son caractère, comme le chef de notre
parti par ceux qui nous ont précédés dans la carrière.
C'est une grande dette que nous acquittons aujourd'hui,
mais c'est pour nous un grand honneur. La destinée de
Carrel a été si courte mais si éclatante, que l'on peut se
demander si ce n'est pas une chance de plus dans cette
vie prématurément brisée que d'avoir été enlevé brus-
quement à toutes les fautes, à toutes les déceptions qui
l'attendaient sur son chemin. Qu'aurait fait Carrel s'il
eût vécu ? Question souvent posée, comme s'il dépendait
de qui que ce soit de la résoudre ! La mort a ses secrets
qu'il est digne et sage de respecter. Mieux vaut interro-
ger la vie si brève d'Armand Carel pour y puiser les enseignements qu'elle peut renfermer.

Armand Carrel a été le chef de son parti : comment
son parti l'a-t-il traité ? Messieurs, nous avons le droit
et le devoir de nous poser cette question, à laquelle hélas ! l'histoire nous force à faire la plus triste réponse.
Carrel avait non seulement du caractère, c'est-à-dire ce
par quoi un homme se distingue des autres, et ce par
quoi les autres peuvent faire fond sur un de leurs sem-
blables, mais il avait, si je puis ainsi parler, la coquette-

rie, la fierté, l'orgueil de ce caractère même… Toujours prêt à se donner tout entier à sa cause, il ne s'abandonnait pas à des familiarités qui l'eussent choqué. On le trouvait hautain, quand il n'était que réservé, et quelquefois dédaigneux, quand il n'était que timide. On le soupçonnait d'aristocratie, lui dont les dernières méditations, comme l'atteste le *Dossier d'un prévenu*, trouvé dans ses papiers après la fatale rencontre, ont été pour les plus nombreux et les plus pauvres du parti républicain qu'il voulait élever à la dignité de citoyens libres et de travailleurs aisés et prospères. On l'accusait d'aimer le commandement, lui qui rêvait des magistratures avec la simplicité républicaine. Il a été ainsi méconnu quoique suivi. Il a souffert de ces malentendus entre soi-même et les siens. Son existence en apparence si enviable n'était pas heurese. Nul ne portait plus haut que lui le sentiment du devoir et l'idée de la responsabilité.

Pour bien comprendre tout ce qu'a dû ressentir d'amertume une nature ardente et généreuse comme Armand Carrel, il faut, messieurs, se reporter à ces temps où la lutte pour l'idée républicaine, soutenue par un petit nombre d'hommes toujours prêts à donner leur vie, exigeait du chef autant de sang-froid que de résolution, autant de courage que de patience. Il fallait savoir se risquer pour tenir sans cesse en haleine ces dévouements toujours prompts à se décourager, et il fallait savoir aussi inspirer la prudence, la circonspection, pour ne pas exposer soit à des pièges sans cesse tendus, soit à des périls certains mais inutiles, des vies précieuses à ménager.

Un tel rôle, contradictoire dans les termes, contradictoire aussi dans les moyens, ne donnait que trop souvent aux soldats inexpérimentés, aux amis imprudents ou trop pressés d'Armand Carrel des prétextes pour douter de lui. Un pareil doute est ce qu'il y a de plus dur pour un homme de cœur : il mène droit au soupçon, et le soupçon dont peut être l'objet de la part des siens un chef porel a souffert aussi d'avoir raison contre son propre parti : situation pénible, car la politique, maîtresse impérieuse et jalouse, semble imposer quelquefois d'étouffer en soi son propre bon sens et d'éteindre les lumières de sa raison. Armand Carrel, qui était fait pour toutes les grandeurs, a connu ces misères. Il n'est peut-être pas inutile de les rappeler en ce jour, où tout nous parle de sa gloire sans que rien nous redise ses infortunes.

La vie politique est faite de ces choses, et cette cérémonie serait vaine, indigne du grand homme dont nous saluons l'image, si elle ne devait nous profiter.

CHERS CONCITOYENS,

Le parti républicain que conseillait et guidait Armand Carrel, il y a plus d'un demi-siècle, n'est plus aujourd'hui dans la France à l'état de parti · il se confond avec la nation elle-même; il a enfin conquis et fondé son gouvernement; il travaille à la réforme progressive des institutions que nous a léguées le passé et qui trop souvent embarrassent encore la marche accélérée de la démocratie sur la route du progrès et de la justice.

Cette démocratie républicaine a maintenant la responsabilité des destinées de la France. Si elle veut être à la hauteur de ses devoirs, qu'elle se montre la digne héritière de ces aînés du parti républicain qui l'ont appelée à la vie publique.

C'étaient des hommes de devoir et de sacrifice, dévoués à la vérité, au droit, prêts à mourir pour leurs idées et pour leur patrie. C'étaient des hommes antiques, dignes de Plutarque, qui leur avait fourni des modèles. Ils s'appelaient entre eux du beau nom de citoyen, et dans les élans de leur amitié civique ils se tutoyaient comme les frères d'une même famille, comme les fils d'une mère commune, la France, qu'ils aimaient d'un amour sans bornes, comme l'organe de la justice dans le mon b. eaux, simp es e gran s, qu i s soien evant nos yeux comme d'admirables modèles. Nous sommes entrés dans la carrière, où ils ne sont plus, our suivre leurs traces, continuer leurs vertus et mériter comme eux reconnaissance et respect.

Ne leur ménageons point les nôtres.

Armand Carrel a été des premiers parmi ces ancêtres de la démocratie d'aujourd'hui. Honneur à sa mémoire et vive la République!

IMPRIMERIE DE POISSY. — S. LEJAY ET Cie.

A mesure que la République, au prix des plus grands sacrifices, répand l'instruction dans toutes les classes de la société, le besoin de lire devient chaque jour plus grand, le champ de la curiosité intellectuelle s'élargit; déjà, par la presse, des notions sommaires circulent à travers la masse des citoyens, éveillent en eux la volonté de connaître plus complètement les hommes et les œuvres dont le nom passe sans cesse sous leurs yeux:

Mais, pour satisfaire ces légitimes aspirations, que d'obstacles surgissent devant la grande majorité des lecteurs. D'une part, le prix élevé des livres; d'autre part, la difficulté de faire un choix, d'opérer une sélection dans la liste parfois considérable des ouvrages de chaque auteur.

Ces considérations nous ont déterminé à fonder, sous le titre : *Les Livres du Peuple*, une bibliothèque républicaine qui, sous un format élégant, et pour un prix insignifiant, fournira aux hommes avides à la fois d'instruction et de saines distractions l'aliment généreux et réconfortant dont notre littérature française est une source inépuisable.

Dix centimes le volume, 36 pages de texte, contenant une œuvre ou des fragments d'œuvres à la fois intéressants et instructifs, signées des noms les plus illustres de notre pays: c'est là que nous avons trouvé la solution du problème. Chaque semaine, dans la chambre du travailleur un nouvel hôte viendra s'asseoir pour lui donner des enseignements ou éveiller son imagination, et à la fin de l'année, ces volumes formeront une sorte d'encyclopédie de la pensée humaine.

Des illustrations soignées y ajouteront un attrait particulier.

Nous estimons que, dans le développement de la conscience républicaine, dans la notion juste des droits et des devoirs, réside l'avenir de notre pays. Nous avons la ferme conviction qu'il faut combattre par l'instruction rationnelle les enseignements mystiques et faux du cléricalisme. Notre Bibliothèque sera une arme de propagande démocratique et nous avons l'espoir que le public nous aidera à la porter haute et ferme dans la lutte de l'obscurantisme contre la pensée libre.

Histoire, philosophie, théâtre, romans, sciences physiques et naturelles, industrie, toutes les branches des connaissances humaines trouveront place dans *les Livres du Peuple*.

Nous avons confié la direction de cette œuvre éminemment utile à M. Jules Lermina, dont le républicanisme éprouvé, le talent littéraire et la grande érudition sont pour tous le garant des tendances qui seront imprimées à notre Bibliothèque et du goût qui présidera au choix des publications. Tous les républicains voudront lire et propager ces excellents livres.